To.
나의 꽃

_______________ 에게

*
*
*

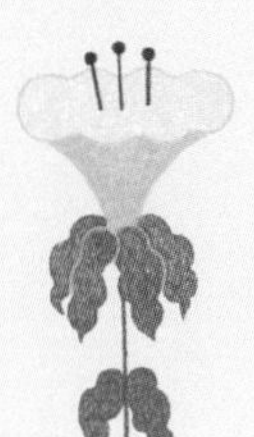

From. _______________

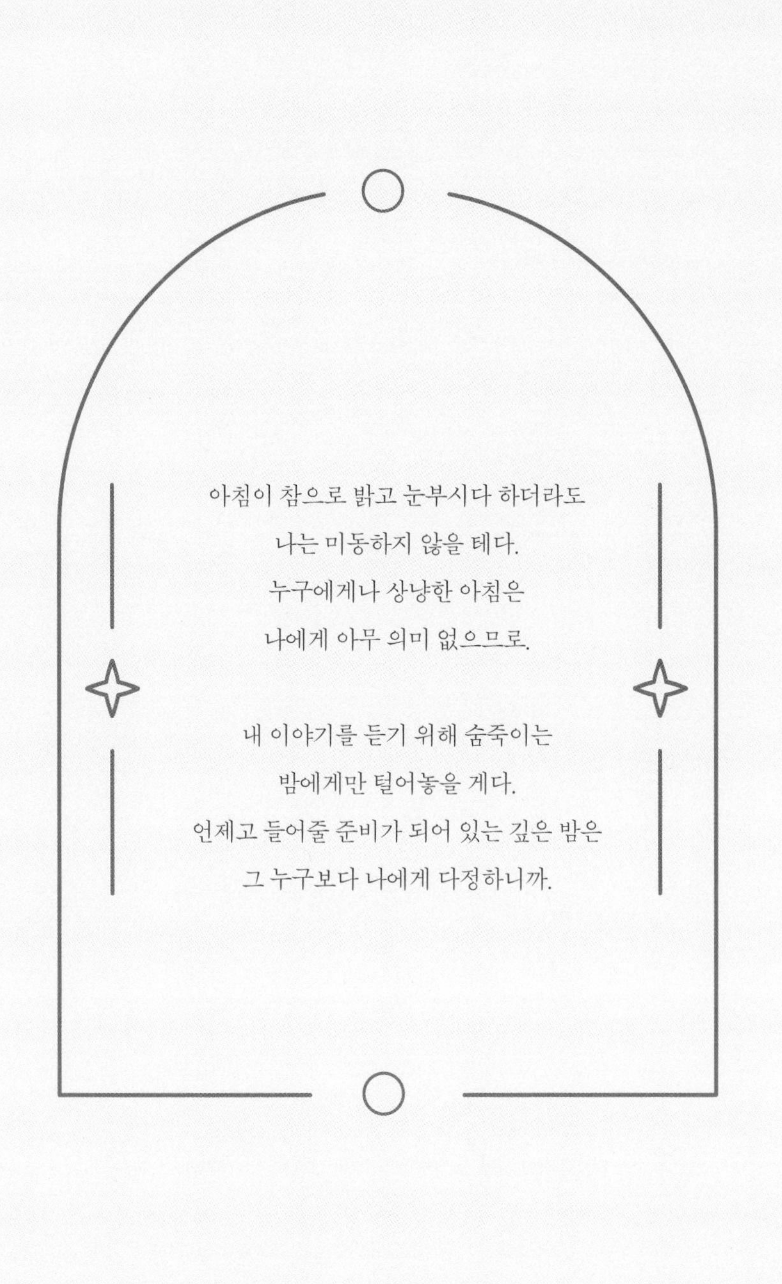

아침이 참으로 밝고 눈부시다 하더라도
나는 미동하지 않을 테다.
누구에게나 상냥한 아침은
나에게 아무 의미 없으므로.

내 이야기를 듣기 위해 숨죽이는
밤에게만 털어놓을 게다.
언제고 들어줄 준비가 되어 있는 깊은 밤은
그 누구보다 나에게 다정하니까.

마음의 비율

○

글 · 그림 **김승연**

마시멜로

한 아기가 살고 있었다.

우유가 강처럼 흐르고

꽃향기가 가득한

그곳에

한 아기가 살고 있었다.

아기는 그곳에서

먹고 자고 꿈을 꾸었다.

우유를 마시다 잠이 들면 꿈을 꾸었고

꿈을 꾸다 잠이 깨면 우유를 마셨다.

꽃향기에 취해 기분이 좋아질 때면

이런 생각을 했다.

'지금이 좋아, 지금이.'

어느 날,

작은 구멍 하나가 아기의 눈에 들어왔다.

애써 보려 하지 않으면

보이지 않을 만큼

그렇게나 작은 구멍이었다.

외면하면 외면할 수 있는 일.

그날도 꽃은 여전히 향기로웠다.

아기는 꿈을 꾸었다.

본 적 없는 꽃들과 알 수 없는 향기 속에서 길을 잃는 꿈.

돌아오고 싶지 않은 꽃길을 걸으며

깨어나고 싶지 않은 꿈을 꾸었다.

꿈에서 깨어난 아기는 꽃을 보았다.
아기의 꽃은 꿈속의 꽃들에 비하면
매우 작고 초라했다.
'꽃이 어서 자라야 할 텐데…….'
아기는 꽃이 자라면 가장 싱싱하고 탐스러운 꽃송이로
근사한 옷을 해 입어야겠다고 생각했다.

솜털같이 부드러운 것과 작지만 단단하고 고소한 것.

알록달록 볼수록 재미있는 것 혹은 쓸모없지만 귀여운 것.

'꽃씨는 더 많은 꽃이 될 테고 꽃은 더 많은 옷이 될 테야.'

아기는 상상만으로도 부자가 된 것 같았다.

오직 아기에겐 꽃뿐이었다.

아니 더 정확히 말하면 꽃으로 옷을 해 입을 생각뿐이었다.

한가하게 꿈 꿀 시간 따윈 없었다.

구멍은 조금씩 커져 갔지만

그것은 그리 중요하지 않았다.

외면하면 외면할 수 있는 일.

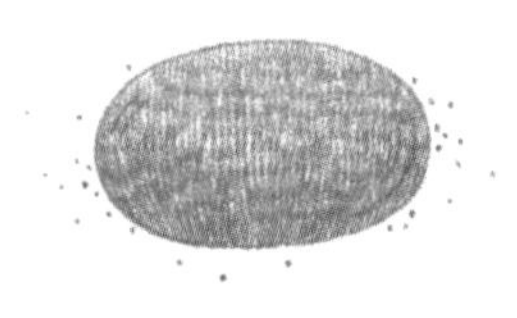

외면하면 외면할 수 있는 일.

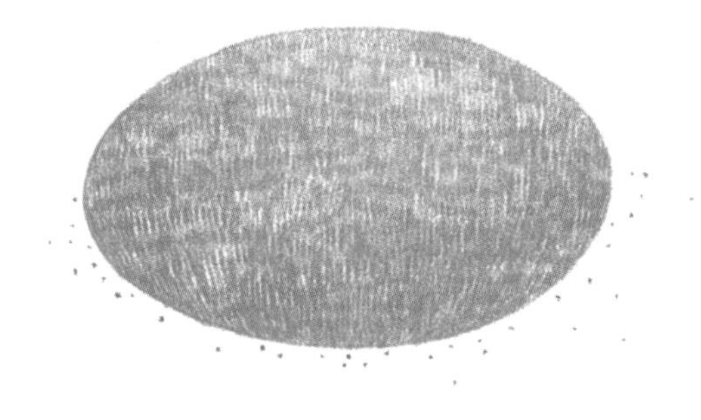

그러나 아기의 바람과 달리

한 잎 두 잎 떨어져 바닥에 수북이 쌓인 꽃잎은

쥐의 시체마냥 끔찍한 악취를 풍기며 사라져 버렸다.

'싫어! 싫어!'

영원할 것 같던 것들이 영원하지 않다는 것.

아기의 눈에서 눈물이 흘렀다.

아기의 눈물은 흘러 흘러 강이 되었다.
갈 길을 잃은 우유의 강은 구멍으로 방향을 틀었고
꽃향기가 사라진 그곳엔 침묵이 가득했다.
자신을 두고 떠난 꽃을 미워하거나
미워했던 꽃을 다시 그리워하는 것.
그것이 아기가 그곳에서 할 수 있는 유일한 일이었다.

아기는 꿈을 꾸었다.

어여쁜 꽃잎으로 옷을 해 입은 아이들이

아기를 보며 수군거렸다.

몇몇 아이들은 아기에게 손가락질을 하며 키득키득 웃어댔다.

아기는 부끄러움에 어쩔 줄 몰랐다.

아기는 너무나 무서운 꿈을 꾸었다.

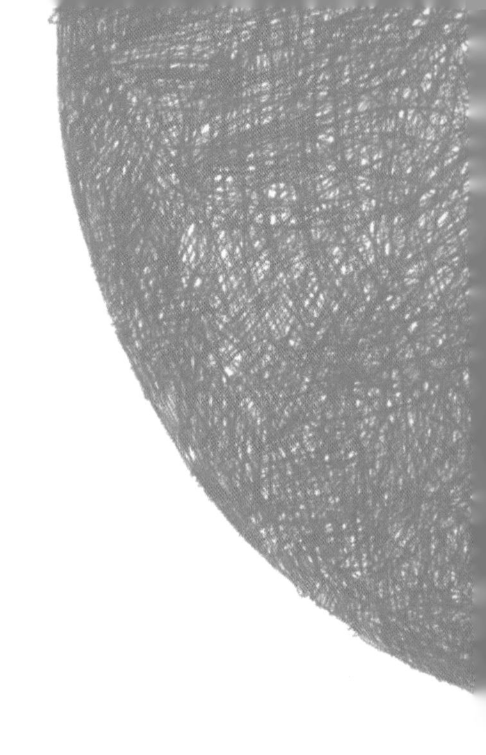

평온했던 날들이 걱정과 근심으로 변해갔다.
우유의 강은 말라 갔고 구멍은 커져만 갔다.
'다 저 구멍 때문이야. 구멍 때문이라고.'

구멍 밖은 잔인한 새들이 사는 곳일지도 모른다.

호시탐탐 벌레를 노리는 새들에게 아기는 맛있는 먹잇감일지도.

발가벗어 눈에 더 잘 띌 거라는 생각에 아기는 우울해졌다.

'꽃으로 옷을 해 입었다면 새들이 날 꽃인 줄 알았을 텐데…….'

아기는 자기만 두고 떠난 꽃이 다시 생각나 슬퍼졌다.

구멍 밖은 끝도 없이 펼쳐진 황야일지도 모른다.

살아 있는 것이라곤 오직 아기밖에 없는.

그런 삭막한 곳일지도 모른다.

쓸쓸함에 아기의 몸이 더 움츠러들었다.

구멍 밖은 빙하와 눈으로 뒤덮인 차가운 곳일지도 모른다.

아기는 구멍 밖으로 나가자마자 얼어버리고 말겠지.

'꽃으로 옷을 해 입었다면 이 정도 추위쯤은 끄떡없을 텐데…….'

이런 생각만으로도 아기의 몸은 으스스 떨렸다.

아기는 빛도 공기도 소리도 없는 그곳을 가만히 바라보았다.

모든 게 변했지만 정작 변한 건 아기 자신이었다.

순간,
아기의 눈이 잘못된 것일까?
구멍에서 무언가가 반짝거렸다.

구멍 밖은 다른 우유병으로 갈 수 있는 통로일지도 모른다.

동글동글 귀여운 우유병에는 우유가 가득 담겨 있을 것이다.

어느 병에 든 우유를 마실지 고민하던 아기는

상상만으로도 배가 불러 그만 잠이 들고 말았다.

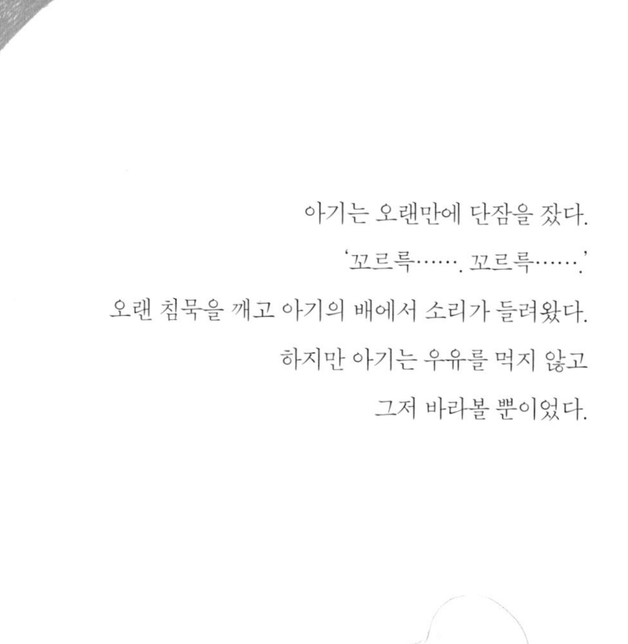

아기는 오랜만에 단잠을 잤다.

'꼬르륵……. 꼬르륵…….'

오랜 침묵을 깨고 아기의 배에서 소리가 들려왔다.

하지만 아기는 우유를 먹지 않고

그저 바라볼 뿐이었다.

아기는 마지막 남은 우유 한 방울을
머리에 발라 가르마를 탔다.
꽃으로 만든 근사한 옷은 없지만 그래도 괜찮다.
그런 아기의 모습은 비장하기까지 했다.

그곳의 끝자락에 선 아기의 발가락을
낯설고 차가운 공기가 스쳐 지나갔다.
흠칫 놀란 아기의 온몸이 부르르 떨렸다.
하지만 상관없다.
아기는 밖으로 나갈 것이다.
바로 지금.

"하나! 둘! 셋!"

아기가 태어났다.

“선생님, 이것 보세요! 아기가 가르마를 타고 태어났어요!”

“하하, 그렇군요.”

처음 보는 낯선 이들도 꿈속의 아이들처럼

아기를 보고 수군거리며 웃어댔다.

‘이것 봐, 나만 발가벗고 있잖아.’

기분이 나빠진 아기는 큰 소리로 울어댔다.

“응앙응앙! 응앙응앙!”

“하하하하! 하하하하!”

보란 듯이 그들도 아기보다 더 크게 웃어댔다.

우유가 강처럼 흐르고

꽃향기가 가득한

그곳에

한 아기가 살고 있었다.

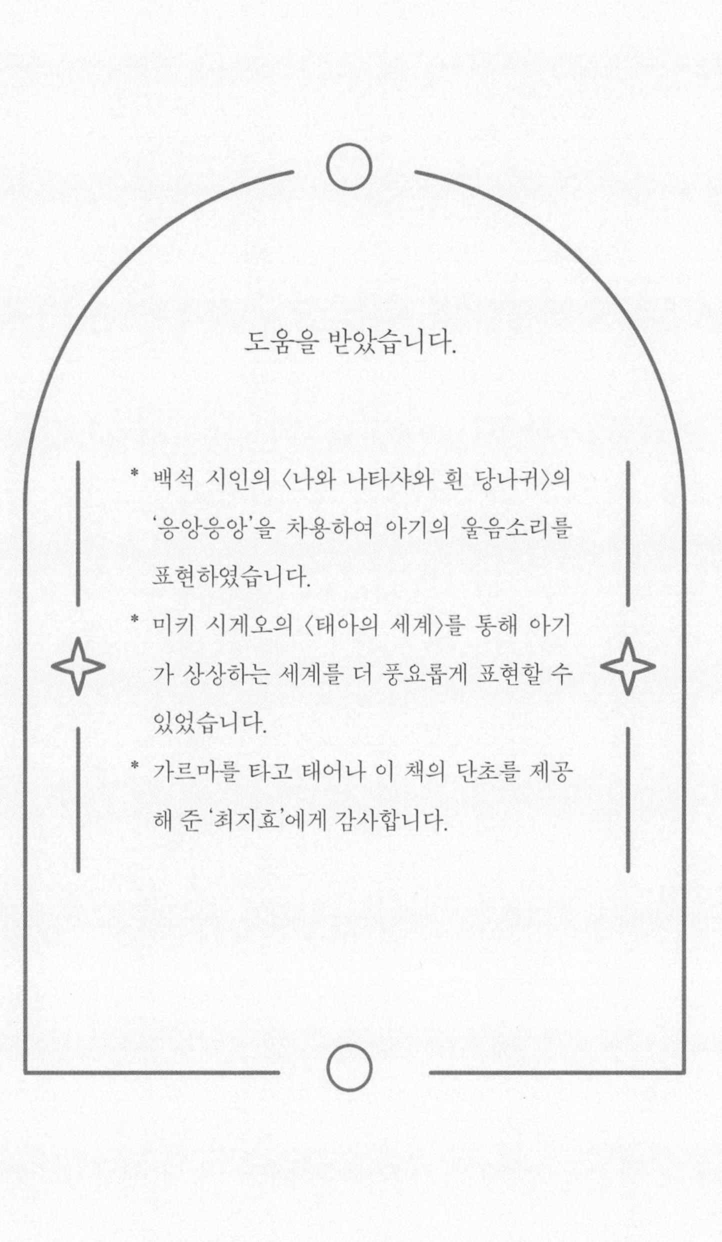

도움을 받았습니다.

* 백석 시인의 〈나와 나타샤와 흰 당나귀〉의 '응앙응앙'을 차용하여 아기의 울음소리를 표현하였습니다.
* 미키 시게오의 〈태아의 세계〉를 통해 아기가 상상하는 세계를 더 풍요롭게 표현할 수 있었습니다.
* 가르마를 타고 태어나 이 책의 단초를 제공해 준 '최지효'에게 감사합니다.

작가의 말

이 이야기를 완성하기까지 3년의 시간이 걸렸습니다. 책의 무게에 비해 긴 시간이 필요했던 이유는 이야기를 만드는 동안 저 자신이 끊임없이 변했기 때문입니다. 그 어떤 선택의 자유도 없이 무작정 세상에 던져진 아기들(나를 포함하여)에게 어쩌면 태어난다는 것은 공포이지 않을까. 부모가 낳아준 것에 언제나 감사해야 한다는 어른들의 말씀에 쉽게 고개가 끄덕여지지 않는 건 왜일까. 이 책의 시작은 이런 생각의 조각들에서 출발하였습니다.

그리고 이야기를 만드는 중간중간엔 태어났던 혹은 태어나지 않았던, '아기'와 나, 우리 모두 치열하게 고민하며 산다는 것에 측은한 기분이 들었습니다. 엄마의 뱃속에서 생존을 위해 온 힘을 다해 고민했을 아기에게 동지애 비슷한 것을 느끼기도 했습니다.

그런 의미에서 이 책은 상상의 세계를 그린 그림책이라기보다 직접 겪어야만 알 수 있는 제 마음의 과정을 글과 그림으로 기록한 책인지도 모르겠습니다. 앞으로도 아기에게 고민과 불안은 계속되겠지만 태어난 아기의 삶은 그 전과 분명 다를 거라 생각합니다. 아니, 보다 더 단단해지고 여유 있어 지길 바랍니다.

이야기 내내 고생만 한 아기에게 제가 줄 수 있는 선물은, 홀로 숨죽여 눈물만 흘리던 아기가 세상에 나와 누군가에게 소리 내 엉엉 울 수 있게 되었다는 나름의 해피엔딩을 만들어 주는 것이었습니다. 저 또한 제 작은 생각들을 이렇게 책으로 이야기할 수 있도록 애정을 가지고 귀 기울여 들어주시는 분들이 있어 작가로서의 지난날들이 해피엔딩이라 생각합니다.

언젠가 저에게도 '아기'라는 존재가 찾아오게 된다면 벌거숭이로 세상에 던져진 그 녀석을 내 자식, 내 소유물이 아닌 자기 삶을 치열하게 살아가는 한 인간으로 받아들일 수 있게 된다면 좋겠습니다. 물론 제 계획 또한 '아기'처럼 생각한 대로 되지 않겠지만요.

참고로 이 책은 다섯 갈래의 큰 틀을 가지고 만들었습니다. 하지만 여러분들이 느끼신 게 우선이므로 무시해도 좋습니다.

1. 일상

2. 균열의 시작

3. 강이 사라진다는 것

4. 선택의 기회가 없는 삶

5. 그래도 계속, 어떤 끝은 어떤 시작일지도 몰라

쉽게 잠들지 못하는 밤,

곁에서 도란도란 말동무가 되어주는 그런 책이면 좋겠습니다.

2016년 가을 승연

아기의 이야기가 세상 밖으로 나온 것이 벌써 몇 년 전의 일입니다. 오랫동안 머릿속에서 이리저리 떠돌던 생각의 조각들을 하나씩 이어붙이다 보니 지금과 같은 형태의 이야기가 탄생했습니다. 저는 작지만 제가 쓰고 그린 책을 펴내는 독립출판사를 운영하고 있기 때문에 이야기에 집중해서 책을 만들면 그 외의 것은 특별히 문제될 것이 없다고 생각했습니다. 머리맡에 두고 언제든 꺼내볼 수 있는 편안한 책이었으면 좋겠다, 한 편의 시처럼 여러 번 마음에 두고 음미할 수 있는 이야기였으면 좋겠다는 바람을 품은 채 이야기를 꾸준히 매만지며 다듬어갔습니다.

그래서 처음 출간되었을 때의《마음의 비율》은 표지에 작은 구멍과 덩그러니 서 있는 아기의 모습만 금박으로 새겨 놓았을 뿐, 책에 대한 그 어떤 정보도 넣지 않았습니다. 서랍 속 일기장처럼 이 책은 나의 가장 내밀하고 소중한 공간이니, 굳이 그 가치를 드러내기 위해 화려하게 치장할 필요가 없다고 확신했습니다. 그렇게 나만의 이야기를 만들어가고 있다는 사실이 저에겐 큰 기쁨이었습니다.

하지만 이런 마음은 그다지 오래가지 못했습니다.

곧이어 '이런 이야기가 정말 책으로 나올 수 있을까?' 하는 생각이 들더니, 한번 시작된 의문이 꼬리에 꼬리를 물고 이어졌습니다. '과연 이 책을 사람들이 재미있게 봐줄까?' '1쇄는 다 판매할 수 있으려나…….' 그렇게 저는 끝없는 의문의 굴레 속으로 걸어들어 갔습니다. 당연하게도 현실은 막연하게 그린 제 청사진과는 많이 달랐습니다. 얼마간의 시간이 흘러 우여곡절 끝에 책은 세상에 나왔지만, 그 사이 저는 그전보다 조금 더 작아져 있었습니다. 예상과 달리 책을 만드는 데 너무 많은 시간이 걸렸고, 제 확신과 고민의 기간이 무색할 만큼 반응이 시큰둥했기 때문입니다.

'표지에 제목이라도 넣어야 했나 보다, 책 컬러가 너무 칙칙해서 그런가? 아니, 아니, 텍스트를 조금 친절하게 썼어야 했는데…….' 후회와 투정만 부리던 저는 아무 잘못도 없는 책이 미워져, 책이 담긴 박스를 뜯지도 않은 채 창고 한편에 쌓아두고 외면했습니다.

그러던 어느 날 쳐다도 보지 않던《마음의 비율》을 우연한 기회에 다시 읽게 되었고, 책 속의 아기가 지금의 나 같아 그만 코끝이 찡해져 버렸습니다. 그렇게 우연히 화자가 아닌 독자로 마주한《마음의 비율》은 전과는 완전히 다르게 다가왔고, 이 이야기를 처음 책으로 만들어야겠다고 다짐했을 때가 떠오르며 내 마음이 이 책에 오롯이 담길 수 있었다는 사실에 감사하게 되었습니다. 꼴도 보기 싫을 만큼 미워했던 이 책을, 다시 사랑하게 되었습니다.

그리고 신기하게도 이 책은 지금까지 별다른 홍보 한번 없이 재쇄에 재쇄를 거치며 꾸준한 사랑을 받는 책이 되었습니다. 또한, 제가 운영하는 출판사보다 훨씬 크고 멋진 곳에서 더 많은 독자들을 만날 기회도 생기게 되었습니다. 내가 좋아서 만든 것을 다른 사람들이 좋아해 줬을 때의 기분은 말로 다 표현할 수 없을 정도의 기쁨입니다. 특히, 작가인 저에게 그 기쁨은 더 크게 느껴집니다.

처음부터, 계획대로, 완벽했다면 지금의 이런 기쁨을 느끼지 못했겠지요?

이 책이 사랑받아 더 많은 독자를 만나게 되었다는 사실은, 마치 제가 이 책을 만들기 위해 걸어온 과정까지도 인정받는 것 같은 기분이 들어 그 무엇보다 감사합니다. 이런 좋은 기회를 주신 편집자님과 출판사분들께도 감사드립니다. 이제 제 손을 떠나 온전히 자기만의 여정을 시작하게 된《마음의 비율》이 여러분들에게 어떤 의미가 될지 무척 궁금합니다.

지금처럼 앞으로도 사랑받는 책이 되길 바라며,
'아기'에게 축복을.

2022년 겨울 승연

"어떤 끝은 어떤 시작일지도 몰라."

마음의 비율

제1판 1쇄 인쇄 | 2022년 12월 16일
제1판 1쇄 발행 | 2023년 1월 2일

지은이 | 김승연
펴낸이 | 오형규
펴낸곳 | 한국경제신문 한경BP
책임편집 | 최경민
저작권 | 백상아
홍보 | 이여진 · 박도현 · 하승예
마케팅 | 김규형 · 정우연
디자인 | 지소영
본문 디자인 | 디자인 현

주소 | 서울특별시 중구 청파로 463
기획출판팀 | 02-3604-590, 584
영업마케팅팀 | 02-3604-595, 562 FAX | 02-3604-599
H | http://bp.hankyung.com E | bp@hankyung.com
F | www.facebook.com/hankyungbp
등록 | 제 2-315(1967. 5. 15)

ISBN 978-89-475-4867-0 03810

마시멜로는 한국경제신문 출판사의 문학 브랜드입니다.
책값은 뒤표지에 있습니다.
잘못 만들어진 책은 구입처에서 바꿔드립니다.